Flávio Berutti

1822:
O SOL DA LIBERDADE NÃO RAIOU PARA TODOS...

A Independência do Brasil

Flávio Berutti – Licenciado em História pela Universidade Federal de Minas Gerais. Especialista em Metodologia da História pela Pontifícia Universidade Católica de Minas Gerais. Mestre em História pela Pontifícia Universidade Católica do Rio Grande do Sul.

Curitiba - PR
1ª edição
2013

BASE EDITORIAL

© 2013 – Base Editorial Ltda. É proibida a reprodução, mesmo parcial, por qualquer processo eletrônico, reprográfico, etc., sem autorização, por escrito, do autor e da editora.

Dados para catalogação
Bibliotecária responsável Luciane Magalhães Melo Novinski
CRB 1253/9 - Curitiba, PR.

Berutti, Flávio
   1822 : o sol da liberdade não raiou para todos : a independência do Brasil / Flávio Berutti ; ilustrações Cide Gomes — Curitiba : Base Editorial, 2013
   48 p. : il. ; 21 cm

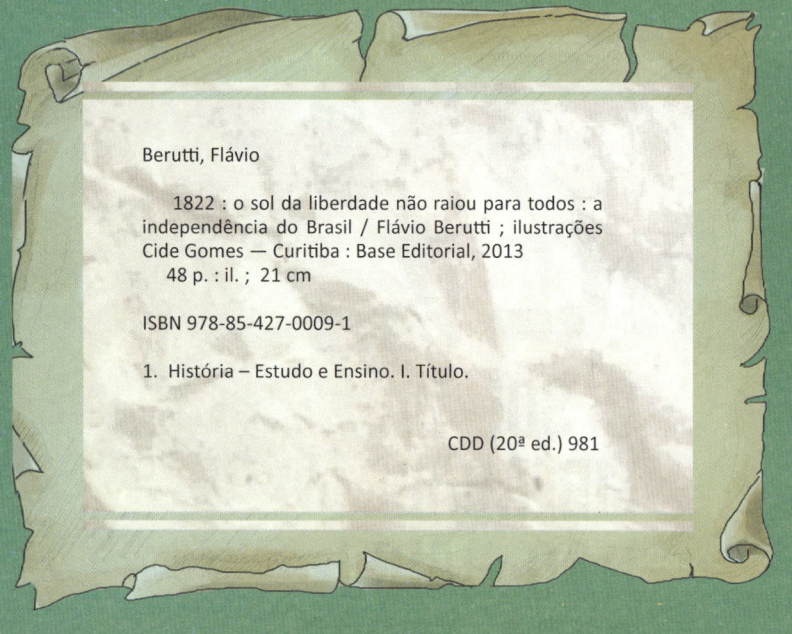

ISBN 978-85-427-0009-1

1. História – Estudo e Ensino. I. Título.

CDD (20ª ed.) 981

Direção Geral:
Base Editorial

Autor:
Flávio Berutti

Coordenação Editorial:
Cione Kotlevski

Revisão:
Caibar P. Magalhães Jr.

Projeto gráfico, capa
e ilustrações:
Cide Gomes

Base Editorial Ltda.
Rua Antônio Martin de Araújo, 343
Jardim Botânico | CEP 80210-050 – Curitiba/PR
Tel.: 41 3264-4114 | Fax: 41 3264-8471
baseeditora@baseeditora.com.br
www.baseeditora.com.br

1822

"O SOL DA LIBERDADE NÃO RAIOU PARA TODOS..."

A Independência do Brasil

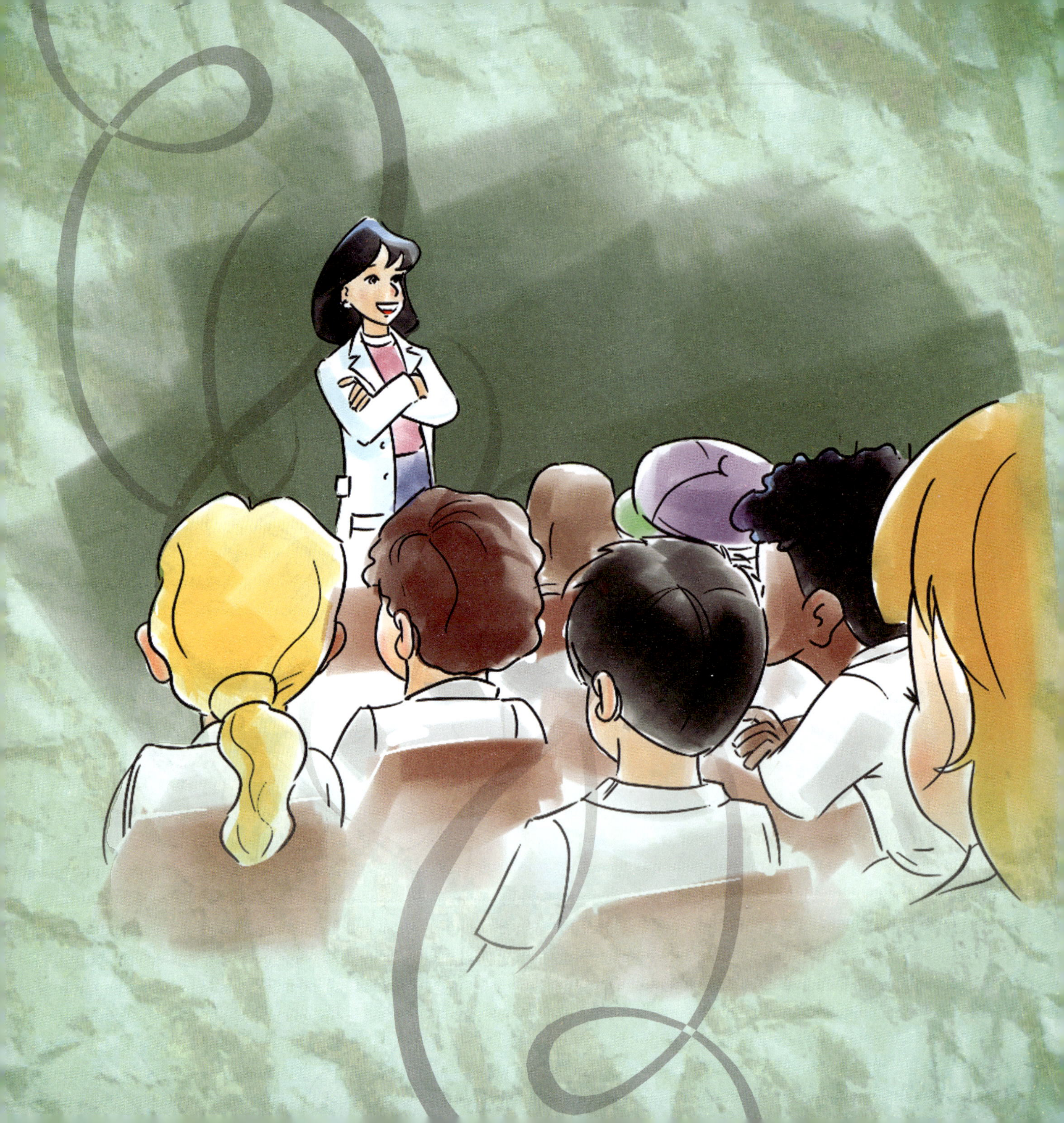

Puxa vida! Como o tempo passa depressa...

Falta apenas uma semana para o dia 7 de setembro!

A professora bem que nos avisou para não deixarmos o trabalho sobre a Independência do Brasil para a última hora. Nos últimos dias, em quase todas as aulas, ela perguntava:

— Já começaram o trabalho sobre o dia 7 de setembro de 1822?

Silêncio total. Enquanto alguns colegas abaixavam a cabeça, outros olhavam na direção da janela ou da estante de livros que ficava do outro lado da sala.

Durante alguns segundos, ela ficava nos observando. Olhava para um, para outro, esperando que um de nós balançasse afirmativamente a cabeça. Como nenhum gesto surgia, ela respirava fundo, fechava os olhos e dizia:

— O dia 7 de setembro já está quase chegando, e eu acho que tem muita gente que nem ao menos começou a procurar os livros que eu indiquei na biblioteca da escola...

Eu não sei por quê, mas logo depois que dizia tais palavras, ela abria os olhos e olhava direto para mim. Parecia até que estava escrito na minha testa, em letras bem grandes: EU AINDA NÃO COMECEI!

Eu ainda não havia começado o trabalho porque não tinha sobrado tempo, é claro. Vocês sabem como é. São tantas coisas para se fazer...

É o "para casa" do dia seguinte, são os trabalhos de outras matérias, é a visita à casa dos parentes no domingo, o filme na televisão, o jogo de futebol com os colegas, o *videogame* e, principalmente, é o pensar no rosto lindo de quem a gente mais gosta...

Só que o tempo passa. Como só falta uma semana para o dia 7 de setembro, chegou a hora de começar a trabalhar.

Naquele dia, voltei para casa repetindo várias vezes a mesma frase:

– Hoje eu começo a fazer o trabalho de História!

Enquanto caminhava, ficava imaginando que não deveria ser muito difícil fazer um trabalho sobre a Independência do Brasil. Em primeiro lugar, quase todo mundo sabe alguma coisa a respeito desse fato. Eu já escutei várias vezes a história do D. Pedro às margens do Ipiranga gritando "Independência ou morte!".

Em segundo lugar, fazer um trabalho nunca foi problema para mim. É só pegar uma folha, escrever com letras bem grandes (e bonitas) o título, colocar o meu nome, abrir um livro e copiar uma parte do conteúdo. E está pronta a "pesquisa".

À noite, depois de ler com atenção a folha que a professora distribuiu com as orientações sobre o trabalho, cheguei à conclusão de que não era bem isso o que ela estava querendo. Ela queria que a gente lesse sobre a Independência do Brasil em vários livros, para, depois, escrevermos um texto nosso sobre o 7 de setembro. É o que ela estava chamando de "atividade de produção do conhecimento".

Fiquei confuso... Como eu posso escrever um texto sobre o 7 de setembro? O que aconteceu neste dia já está escrito nos livros! A história é sempre a mesma! O que aconteceu já aconteceu, e pronto. Na minha cabeça, a história já está pronta e acabada!

De qualquer maneira, está ficando tarde e eu estou com muito sono. Vou deixar para pensar a respeito disso tudo amanhã. No dia seguinte, eu já acordei pensando no trabalho. Nem preciso dizer que continuei a pensar nele enquanto tomava café e, também, no caminho até a escola.

Mas havia um "pequeno probleminha" nessa história... Para fazer a "atividade de produção do conhecimento", eu precisava ir à biblioteca. E em qual horário eu iria até lá para ler os livros indicados? De manhã não tem jeito porque estou em sala, tendo aula normalmente. À tarde, sem que eu saiba o porquê, só funciona a secretaria. E, à noite, é complicado. O caminho até a escola é pouco iluminado e perigoso. Como eu não tenho ninguém que possa me acompanhar nesse horário...

Naquele dia, eu acho que a professora leu os meus pensamentos. Logo depois da chamada, ela disse:

— Olha, pessoal, como eu sei que tem muita gente que ainda não começou a fazer o trabalho sobre a Independência (é claro que ela olhou para mim), eu decidi liberá-los da aula de hoje para vocês irem à biblioteca!

Na hora eu nem acreditei! Peguei a folha de orientações, um lápis e o caderno de História, e saí correndo da sala, antes que ela resolvesse mudar de ideia.

Com a folha de orientações em uma das mãos, desci correndo as escadas em direção à biblioteca. No meio do caminho, dei uma paradinha na cantina para comprar umas balinhas; só para "adoçar a boca", como dizia o papai.

Não foi muito difícil encontrar a "estante da História". Peguei os três primeiros livros indicados na lista e me sentei numa das mesas de estudos para começar o trabalho.

Logo que abri o primeiro livro no capítulo da Independência, uma ilustração chamou a minha atenção. Era uma pintura. Na legenda estava escrito: "*Independência ou Morte*, obra de Pedro Américo". Quando eu olhei para aquele quadro, eu imaginei que estivesse vendo o que realmente aconteceu no dia 7 de setembro. Tudo aquilo que eu sempre escutei as pessoas falarem a respeito da Independência do Brasil estava ali representado: D. Pedro, montado em seu cavalo com a espada erguida, dando o grito da Independência.

Naquele momento, pensei:

– Mas o que será que a professora está querendo? Para mim foi exatamente desta maneira que o Brasil tornou-se independente de Portugal!! Este pintor foi capaz de retratar, com exatidão, o "momento do grito"!

O texto que vinha logo a seguir não deixava nenhuma dúvida sobre o que aconteceu naquele dia:

Em São Paulo, o príncipe D. Pedro declara seu propósito de defender o Brasil. No dia 7 de setembro de 1822, D. Pedro recebe as ordens de Lisboa às margens do Ipiranga. E, às quatro e meia da tarde de um dia glorioso, o príncipe, a cavalo, lê as ordens e, num gesto próprio de seu temperamento apaixonado, crava as esporas no cavalo, chega à frente da guarda e, arrancando da espada, grita: "Independência ou Morte!".

Este grito de glória repercute pelo País inteiro. No espetáculo de gala que São Paulo oferece à noite ao já Defensor do Brasil, quando o príncipe entra no recinto, é um padre, Ildefonso Xavier, que se levanta em meio do povo para gritar: "Viva o primeiro rei do Brasil!".

No dia 12 de outubro, o Rio de Janeiro recebe o príncipe.

AMÉRICO, Pedro. **Independência ou morte!** (1888). Óleo sobre tela, 415 cm x 760 cm. Museu do Ipiranga, São Paulo (SP).

Depois de ler o texto, algumas dúvidas surgiram. A primeira dizia respeito diretamente ao que estava escrito. Quais "ordens de Lisboa" seriam estas?

A segunda dúvida era quanto ao papel de D. Pedro. O Brasil ficou independente apenas porque este foi o seu desejo?

Vamos ver o que diz o segundo livro.

O segundo livro da lista era bastante antigo. As páginas já estavam bem amareladas e quase não havia ilustrações no capítulo da Independência. Por coincidência ou não, a pintura de Pedro Américo também estava presente logo nas primeiras páginas.

O texto era o seguinte:

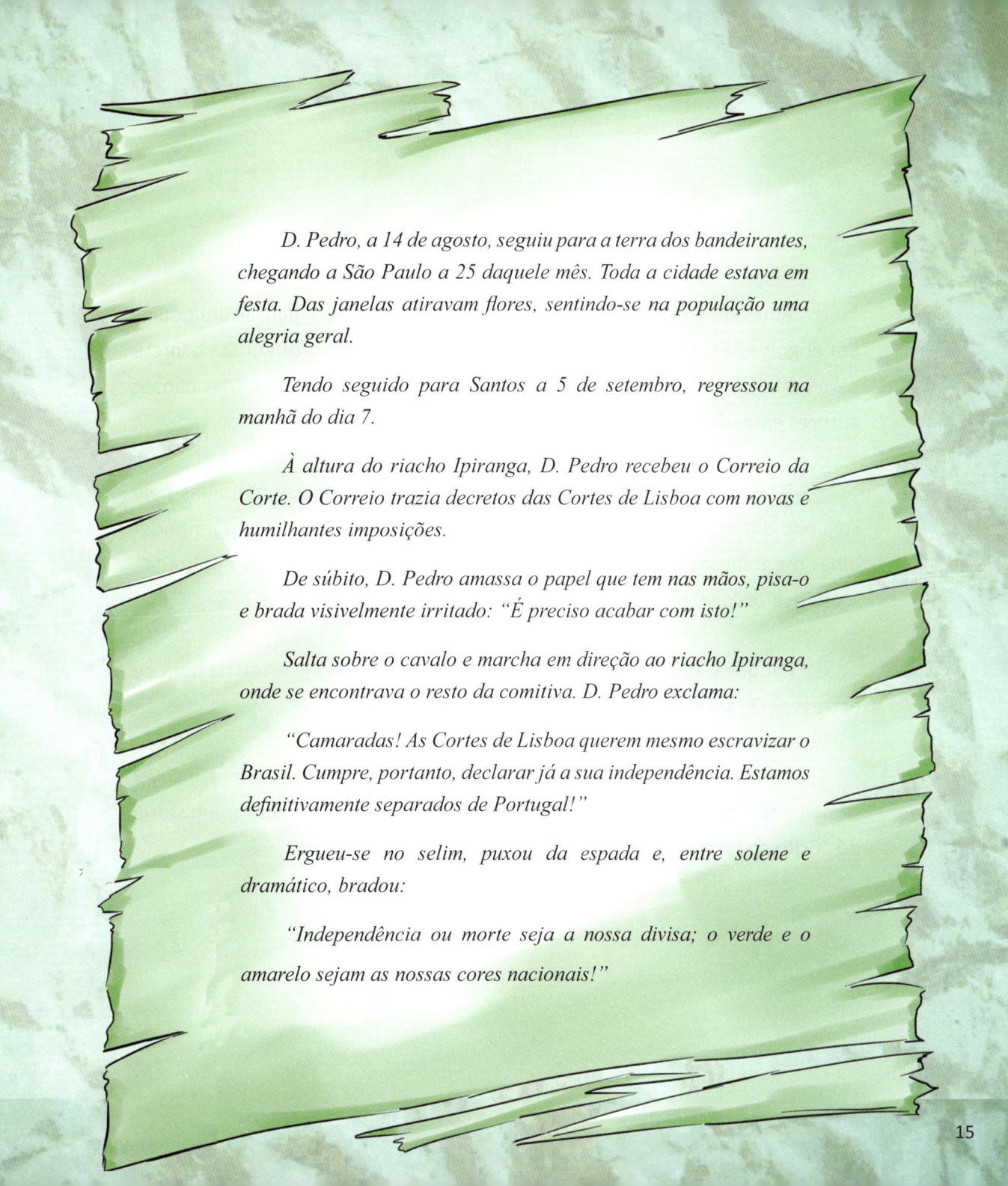

D. Pedro, a 14 de agosto, seguiu para a terra dos bandeirantes, chegando a São Paulo a 25 daquele mês. Toda a cidade estava em festa. Das janelas atiravam flores, sentindo-se na população uma alegria geral.

Tendo seguido para Santos a 5 de setembro, regressou na manhã do dia 7.

À altura do riacho Ipiranga, D. Pedro recebeu o Correio da Corte. O Correio trazia decretos das Cortes de Lisboa com novas e humilhantes imposições.

De súbito, D. Pedro amassa o papel que tem nas mãos, pisa-o e brada visivelmente irritado: "É preciso acabar com isto!"

Salta sobre o cavalo e marcha em direção ao riacho Ipiranga, onde se encontrava o resto da comitiva. D. Pedro exclama:

"Camaradas! As Cortes de Lisboa querem mesmo escravizar o Brasil. Cumpre, portanto, declarar já a sua independência. Estamos definitivamente separados de Portugal!"

Ergueu-se no selim, puxou da espada e, entre solene e dramático, bradou:

"Independência ou morte seja a nossa divisa; o verde e o amarelo sejam as nossas cores nacionais!"

Antes de terminar a leitura, dei uma paradinha para pensar um pouco. Era engraçado como este texto era parecido com o primeiro! Fui até conferir para ver se os dois livros haviam sido escritos pela mesma pessoa. Mas não, os autores eram diferentes. Mas havia outros problemas...

Eu não sabia o que significavam algumas das palavras utilizadas pelo segundo autor. Achei melhor começar a fazer uma pequena lista para poder olhar o significado no dicionário depois. Vejamos: "Corte", "Cortes", "brada", "comitiva" e "divisa".

Por que o autor usou "Corte" e "Cortes"? Será que ele errou na hora de escrever? Ou será que possuem significados diferentes?

Quando li o final do texto, fiquei ainda mais surpreso com a incrível semelhança com o primeiro. Vejam só como ele terminou de contar a história do "Grito do Ipiranga":

Volta D. Pedro a São Paulo, onde a população o recebe ardorosamente. Compõe o hino da Independência, que é orquestrado e cantado no teatro, quando o Padre Ildefonso, subindo numa cadeira, deu gritos de vivas ao primeiro rei do Brasil.

Isto posto, estava o Brasil independente.

Nos dois textos, aparece a figura do Padre Ildefonso dando vivas a D. Pedro. Será que o primeiro texto foi copiado do segundo? Por que um é tão parecido com o outro?

Mas é claro que um texto tem que ser igual ao outro! Afinal de contas, a história não é a mesma?

Vamos ver agora como o autor do terceiro livro escreveu a história do dia 7!

O terceiro livro era tão antigo quanto o segundo. O título dado ao capítulo da Independência era: "O dia em que o Brasil se libertou de Portugal". Achei bonito!

O texto começava assim:

Por ter sido descoberto por portugueses, o Brasil ficou submetido a Portugal até o ano de 1822, quando D. Pedro resolveu torná-lo independente, ou seja, separá-lo definitivamente de Portugal.

Só li o começo e parei. Achei que não precisava ir adiante. Afinal, estava tudo muito parecido com o que eu já havia lido. Com toda certeza, no final iria aparecer a figura do padre dando vivas.

Comecei a pensar que este terceiro livro confirmava tudo aquilo que eu pensava a respeito da História. O que aconteceu no passado está escrito nos livros de uma maneira mais ou menos igual. Não tem como contar a mesma história de uma forma diferente.

Por outro lado, algumas perguntas começaram a surgir na minha cabeça:

– Por que os três autores contaram a história do 7 de setembro de forma tão parecida? Um copiou o que o outro escreveu?

– Bastou a vontade individual de D. Pedro para que o Brasil se libertasse do domínio de Portugal? O que estava acontecendo no Brasil e no mundo naquela época?

Tantas histórias... Tantas questões... Era assim que terminava um poema que lemos nas nossas primeiras aulas de História. Nesse momento, lembrei-me dele.

Com a leitura dos três primeiros livros da lista, achei que já podia escrever o texto que a professora havia pedido. Mas como seria esse texto? Muito fácil. Era só repetir os fatos citados pelos três autores, mudando uma palavra ou outra.

Mas alguma coisa me dizia que não era bem isso o que a professora estava querendo. Na dúvida, resolvi consultar novamente a folha de instruções.

Para começar, ainda faltavam vários livros para serem lidos. E, depois, as instruções falavam da produção de um texto no qual apresentássemos a nossa opinião a respeito da independência.

Caso eu escrevesse um texto repetindo os fatos já conhecidos, eu estaria apenas repetindo o que os três autores haviam dito. Eu não estaria dando nenhuma opinião.

Achei melhor voltar à estante de História e procurar os outros livros indicados na lista.

Antes de ir buscar os outros livros, fui procurar um dicionário para ver o significado daquelas cinco palavrinhas. A primeira da minha lista é "Corte".

Corte, no singular, não é a mesma coisa que Cortes. O autor não errou. Corte pode ser a residência de um rei ou o grupo de pessoas que o cercam. Naquela época, também significava a sede do governo, o local de onde saíam todas as decisões.

"Cortes", no plural, era o parlamento nacional português, podendo significar tanto o local onde se reuniam as pessoas que faziam as leis e tomavam importantes decisões (os parlamentares), quanto este próprio grupo de pessoas.

"Bradar" é dizer em voz alta.

Já "comitiva" é um conjunto de pessoas que acompanham normalmente um chefe político (rei, presidente, etc.).

"Divisa" é uma frase que sintetiza o lema de um país. Assim, segundo D. Pedro, o lema do Brasil seria "Independência ou Morte!".

Voltei à estante da História e peguei mais alguns livros para continuar a ler sobre a Independência do Brasil. Vamos ver se vai aparecer alguma novidade!

O próximo livro indicado já me pareceu ter sido escrito numa época bem mais recente. O papel branco e brilhante, o forte colorido das ilustrações e os pequenos desenhos colocados no alto de cada página me davam essa certeza.

No capítulo sobre a Independência do Brasil, pude encontrar uma diferença muito importante em relação aos três livros anteriores: o autor não começava o texto com D. Pedro às margens do Ipiranga. Ele voltava um pouco no tempo para explicar os fatos que levaram o príncipe a dar o famoso "grito" do dia 7 de setembro.

O autor deu o nome de "contexto histórico" para esta parte. Ele conta que D. João, príncipe regente português e pai de D. Pedro, transferiu toda a Corte de Portugal para o Brasil para evitar o confronto com as tropas do imperador francês Napoleão Bonaparte, que já haviam ocupado a Espanha e se preparavam para invadir Portugal.

No final do ano de 1807, embarcações portuguesas iniciaram a travessia do Atlântico escoltadas por navios de guerra ingleses, trazendo, além da família real, nobres, criados e dependentes. No total, cerca de 15.000 pessoas chegaram ao Brasil em janeiro de 1808.

15.000 pessoas... De repente, parei para pensar se a vinda de tantas pessoas seria capaz de mudar a maneira de viver dos habitantes da cidade do Rio de Janeiro, a nova sede da Corte.

A resposta estava em um pequeno texto que descrevia a cidade e que foi colocado no cantinho da página.

Como o Rio era diferente! Vou tentar resumir o que aprendi!

O Rio de Janeiro (ou São Sebastião, como era conhecido), era uma cidade de pouco mais de 50.000 habitantes. A maior parte da população trabalhava e morava nas ruas do centro. Os mais ricos, entretanto, moravam nos subúrbios, em chácaras. Por ocasião das festas religiosas, procissões percorriam ruas enfeitadas com flores.

A cidade contava com poucos estabelecimentos comerciais. A maior parte das lojas de "secos e molhados" se concentrava na rua da Quitanda.

A chegada da Corte provocou um grande impacto, principalmente devido às dificuldades para acomodar um número expressivo de pessoas bastante exigentes quanto ao bem-estar pessoal. Alguns comerciantes ofereceram suas próprias casas aos recém-chegados, esperando, com esse gesto, obter uma maior aproximação com os membros da Corte.

Mas como o número de residências disponíveis era pequeno para abrigar os milhares de portugueses, muitas delas foram requisitadas pela Coroa. Funcionários reais pintavam nas portas dessas casas as iniciais PR (príncipe regente).

Alguns proprietários concordaram em cedê-las, em troca do pagamento de um pequeno aluguel e de laços de amizade (mal sabiam eles que a elite metropolitana não estava muito disposta a manter relações de amizade com a população colonial). Aqueles que não concordaram em deixar suas residências foram despejados por determinação real.

Voltando ao texto principal, o autor afirma que muita coisa mudou com a presença de D. João no Brasil. A vinda da família real portuguesa transformou a cidade do Rio de Janeiro em capital administrativa do Reino português. Por consequência, novos cargos públicos foram criados, ruas e estradas foram melhoradas e surgiram centenas de novas construções.

Em termos culturais, as mais importantes realizações foram a criação da Escola Superior de Matemática, Ciências, Física e Engenharia, do Jardim Botânico, da Real Biblioteca e da Imprensa Régia. A Imprensa Régia foi responsável pelo lançamento, entre 1808 e 1822, de cerca de 1.100 títulos, entre dicionários, livros sobre a vida de santos, romances, poesias e livros de História, Ciências e Artes.

Como resultado das pressões inglesas, os portos foram abertos às "nações amigas" (antes apenas comerciantes portugueses podiam realizar o comércio com brasileiros) e foi assinado um tratado de comércio que favorecia a entrada de mercadorias inglesas no Brasil.

Em 1815, com a elevação do Brasil à categoria de Reino Unido a Portugal, a colônia foi colocada em condição de igualdade com a metrópole.

Pelo o que eu pude entender, na época em que o pai de D. Pedro esteve por aqui, o Brasil deu os primeiros passos na direção de sua Independência.

Também ficou claro para mim que a transferência da Corte portuguesa resolveu vários problemas de uma só vez: a família Bragança, da qual fazia parte a rainha, Dª Maria, e o príncipe regente D. João, não perderia o trono com a invasão francesa; Portugal não correria o risco de perder a sua rica colônia americana; e a Inglaterra, principal rival da França napoleônica, não perderia o seu velho aliado (Portugal) e não deixaria de vender seus produtos para o Brasil.

Apenas um pequeno ponto não ficou claro. Numa de suas aulas, a professora nos disse que o Brasil era uma das mais ricas colônias portuguesas. Se o Brasil era realmente um colônia rica e que, certamente, garantia bons "frutos" para Portugal (extração de metais preciosos, comércio de produtos agrícolas, impostos, etc.), por que D. João tomou medidas que colocaram o Brasil no rumo da Independência?

Segundo o autor, não era esse o objetivo de D. João. As medidas tomadas pelo príncipe eram necessárias devido à nova condição do Brasil: sede do governo português.

A continuação desta história eu não vou ficar sabendo através deste livro. Algum aluno arrancou as três páginas seguintes. Eu não consigo entender como ainda tem gente que estraga livros de uma biblioteca! Será que essa pessoa não pensa que alguém (como eu) pode precisar exatamente daquelas páginas que foram arrancadas?

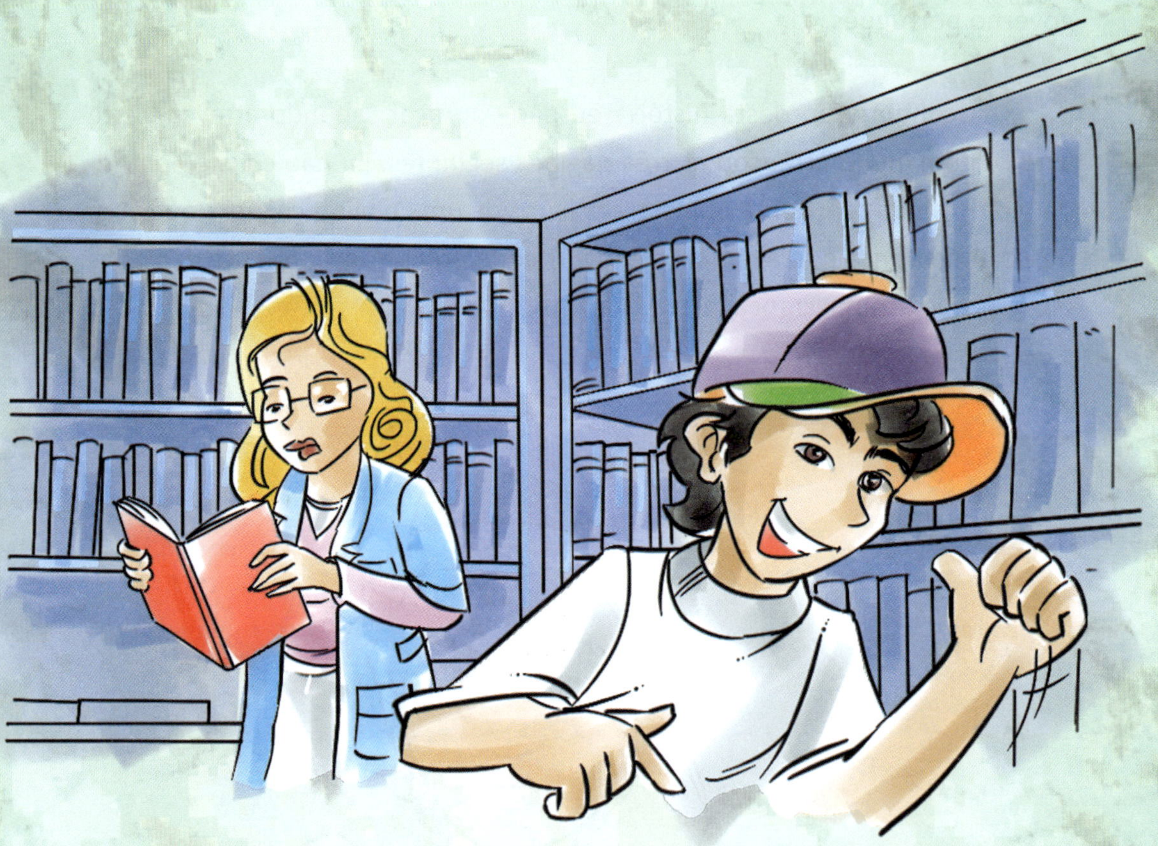

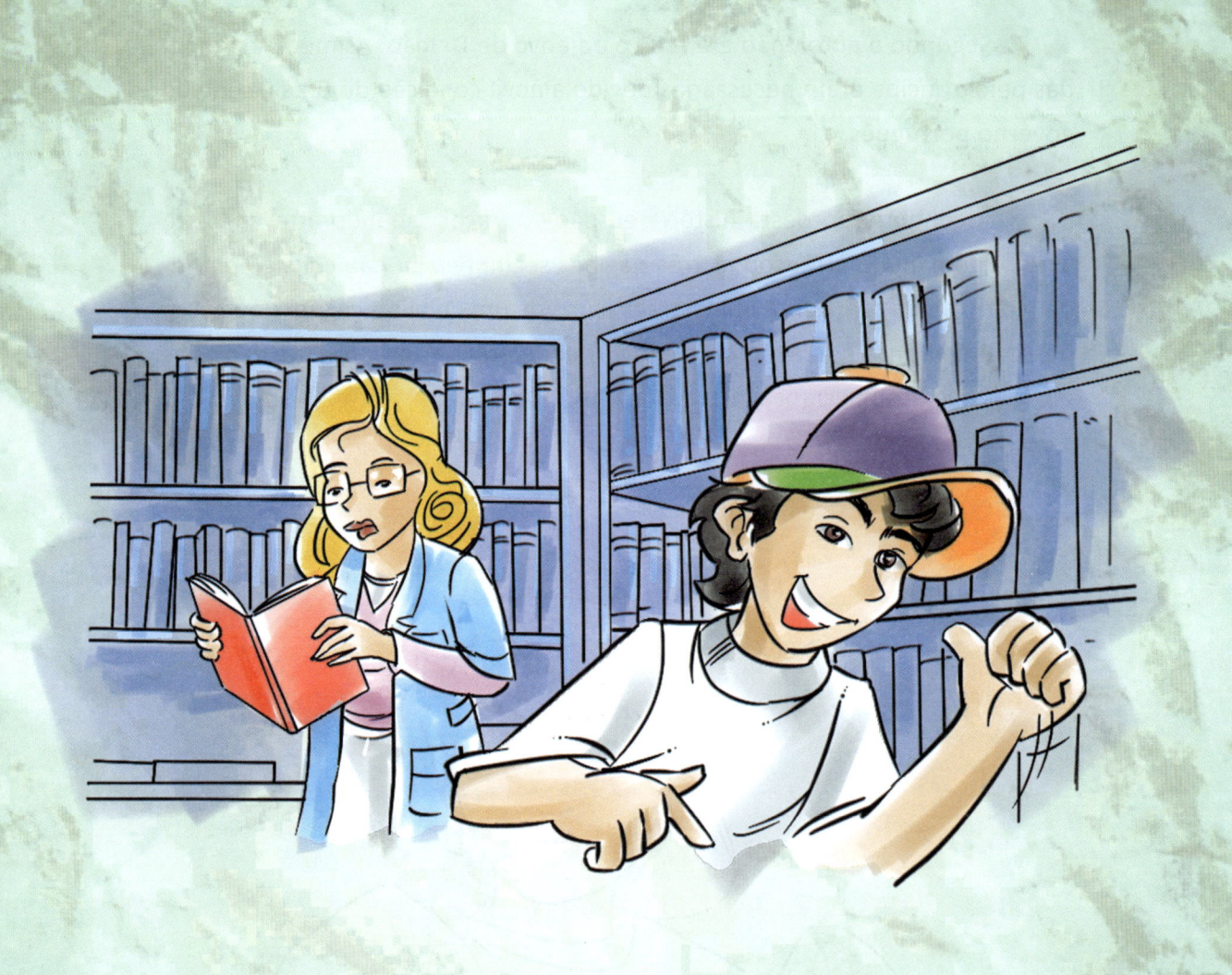

Quando mostrei o livro à bibliotecária, ela quase chorou de tristeza. Pode parecer exagero para muitos, mas acho que consigo entender os seus sentimentos. Para quem é apaixonado por livros, uma folha rasgada, dobrada ou riscada, é como um machucado em uma criança.

Deixei a bibliotecária estudando o que faria com o seu "menino machucado" e fui procurar o resto da história no texto de outro autor.

Não foi difícil achar a parte do "contexto histórico" em outro livro.

O autor começava dizendo que, depois de meses de ocupação, os franceses se retiraram de Portugal devido à resistência popular e ao apoio de tropas inglesas à luta contra os invasores. Depois da retirada francesa, o país passou a ser governado por um comandante militar inglês. O comércio português estava arruinado em consequência da abertura dos portos brasileiros às outras nações. A agricultura estava praticamente arrasada e o país encontrava-se empobrecido pela guerra contra as forças de Napoleão.

As dificuldades econômicas e a presença dos ingleses foram responsáveis pelo surgimento de um movimento revolucionário na cidade do Porto, em 1820. Segundo o autor, o movimento rapidamente se espalhou por todo o país.

Quais eram os objetivos da Revolução do Porto?

Retirar os oficiais ingleses de Portugal, promover a volta de D. João, elaborar uma Constituição e recolonizar o Brasil, isto é, fazer com que o Brasil voltasse à condição de colônia.

Está claro, pensei. Tinha muita gente em Portugal que não estava nem um pouco satisfeita com o que estava acontecendo no Brasil.

Do Porto, a revolução estendeu-se a outras cidades. Os oficiais ingleses receberam ordens para deixar o país, e as Cortes foram convocadas para votar uma Constituição.

Em 1821, seguindo uma das determinações das Cortes, D. João retornou a Portugal. D. Pedro permaneceu por aqui na condição de regente, isto é, de governante do Reino do Brasil. No mesmo ano, várias medidas das Cortes procuraram diminuir o poder do regente.

As Cortes também começaram a insistir na volta de D. Pedro a Portugal.

Acabou de tocar o sinal do recreio. Hora de lanchar e de brincar um pouquinho. Afinal de contas, ninguém é de ferro!

Depois do recreio vou descobrir por que os parlamentares portugueses queriam o retorno de D. Pedro.

Nada como descansar um pouquinho a cabeça...

Onde eu estava mesmo? Já sei! No provável regresso de D. Pedro!

Para Portugal, era importante que o regente retornasse, pois a presença de um membro da família real no Brasil dificultava a política de recolonização proposta pelas Cortes.

Por outro lado, sentindo que a partida do regente determinaria o retorno do Brasil à condição de colônia de Portugal, alguns brasileiros passaram a liderar um movimento para convencê-lo a permanecer no Brasil.

Em janeiro de 1822, D. Pedro decidiu ficar no Brasil. O autor até reproduziu as palavras pronunciadas pelo regente no dia que ficou conhecido como o "Dia do Fico":

"Como é para o bem de todos e felicidade geral da nação, estou pronto: diga ao povo que fico!"

E ele ficou. Ficou, mas as Cortes continuaram insistindo no seu retorno. No dia 7 de setembro, quando voltava de uma viagem a Santos, D. Pedro recebeu os últimos decretos de Lisboa (ou as últimas ordens, como escreveu o autor do primeiro livro).

Quando li este primeiro livro, surgiu uma pergunta para a qual só agora encontrei a resposta. A pergunta era:

– Quais "ordens de Lisboa" seriam estas?

As Cortes, além de diminuir os poderes de D. Pedro, exigiam o seu regresso imediato. Depois de lê-las, o regente declarou o Brasil um país independente.

A partir daí, a história dos acontecimentos do dia 7 ficou muito parecida com as que foram lidas inicialmente.

Quando terminei a leitura de mais um livro, senti que novas perguntas estavam surgindo.

Aliás, por falar em perguntas, ainda não encontrei as respostas para duas delas:

– A Independência do Brasil foi o resultado apenas do gesto heroico e solitário de D. Pedro?

– Por que os autores contam a história do 7 de setembro de forma tão parecida?

E mais duas surgiram com a leitura do "contexto histórico":

– A ideia de independência não surgiu em outros momentos da nossa história?

– Por que alguns brasileiros insistiram tanto para que D. Pedro permanecesse no Brasil?

Quanto mais eu lia, mais perguntas apareciam. Para não esquecê-las, comecei a anotá-las na última folha do meu caderno.

Vamos ver se no próximo livro da lista eu vou conseguir as respostas para todas elas.

Nossa! Que capa linda! Parece que é o Tiradentes...

E é mesmo o Tiradentes! Bem no cantinho da capa estava escrito: "Detalhe do grande painel de Tiradentes, de Candido Portinari".

Fiquei curioso para saber quem foi Portinari. Numa enciclopédia, fiquei sabendo que Portinari é considerado um dos maiores pintores do Brasil. Ele nasceu em 1903, na cidade de Brodósqui, no Estado de São Paulo. O painel de Tiradentes é enorme. Ele tem 4 metros de altura e 18 metros de comprimento! Portinari morreu em 1962, vítima de intoxicação provocada pelas tintas que usava. Os seus trabalhos estão expostos, dentre outros locais, nos grandes museus da Europa e da América.

A capa acabou me "dando uma luz"! Fui direto ao capítulo da Conjuração Mineira.

Lá fiquei sabendo que, em Minas Gerais, no final do século XVIII, ocorreu um movimento que se destinava a realizar a independência da Capitania. O movimento foi reprimido pela Coroa portuguesa e os conspiradores foram presos. Tiradentes, um dos líderes da Conjuração Mineira, foi executado no Rio de Janeiro, em 1792.

Mas a ideia de independência também esteve presente em outros momentos. Na Bahia, em 1798, também aconteceu um movimento pela independência da Capitania. A conjuração foi reprimida e quatro líderes foram enforcados.

No período em que D. João esteve no Brasil, eclodiu, em 1817, a Revolução Pernambucana. Os líderes do movimento chegaram a assumir o governo da Capitania, mas não resistiram à violenta reação do governo central.

– A ideia de independência não surgiu em outros momentos da nossa história?

A resposta para esta pergunta já foi encontrada, não é mesmo?

Vamos ver se me vem uma outra luz para encontrar as outras respostas!

Desta vez a luz chegou através de um livro de literatura infantil que estava aberto na mesa ao lado. Para descansar um pouco da leitura dos livros de História, comecei a ler aquela pequena história. Era a história de cinco meninos que moravam com um tio numa casinha na beira de um rio.

Um dia, o tio chegou em casa e encontrou os meninos olhando alguns recortes de jornais antigos que estavam guardados em uma pequena caixa de madeira. Em um dos recortes havia uma foto do tio segurando um peixe enorme.

Depois de olhar bem para a foto, um dos meninos disse que o tio deveria ter sido um grande pescador. O outro afirmou que o tio foi um dos maiores pescadores de toda a região. O terceiro pensou um pouco e falou que o tio conseguiu pescar o maior peixe da história das pescarias naquele rio. O quarto menino disse que aquela foto confirmava a fama de grande pescador do tio. O último menino repetiu tudo que os outros disseram.

O tio olhou para eles, sorriu e disse:

— Que grande pescador que nada! Eu estava passando e um moço da cidade me pediu para segurar o peixe que ele havia acabado de comprar de um dos pescadores da região enquanto ele ia até o carro para buscar um saco plástico para guardá-lo. Enquanto eu estava ali, parado, esperando a volta do moço, um repórter passou e me viu. Achando que eu havia pescado aquele peixe enorme, tirou esta foto e a publicou no jornal. A partir daí, ganhei a fama de ser o maior pescador desta curva do rio...

— Por que os autores contam a história do 7 de setembro de forma tão parecida?

Foi a resposta para esta pergunta que eu enxerguei na história do pescador. Os cinco meninos contaram a mesma história porque "beberam da mesma fonte", isto é, se basearam na única fonte de informação que estava à disposição deles: uma foto na qual aparecia o tio segurando um peixe enorme. Foi por isso que as cinco versões ficaram tão parecidas.

Talvez seja por essa razão que a história do 7 de setembro seja contada da mesma maneira por vários autores. As fontes utilizadas para a pesquisa devem ter sido as mesmas. E quais teriam sido estas fontes?

Numa de nossas primeiras aulas de História, a professora nos ensinou que as principais fontes de pesquisa dos historiadores são cartas, tratados, relatos, decretos e diversos outros tipos de documentos. Mais recentemente, alguns historiadores estão também se utilizando de fotografias, poemas, pinturas, utensílios domésticos e caricaturas em suas pesquisas.

Tudo isto ficou muito claro para mim! Se existem apenas um ou dois documentos que nos contam o que aconteceu nas margens do riacho Ipiranga, e que provavelmente foram escritos a partir das narrativas dos membros da comitiva de D. Pedro, e se os historiadores se utilizarem apenas deles em suas pesquisas, as histórias (ou as versões) dos acontecimentos do dia 7 de setembro serão praticamente iguais!

Sabe que eu estou gostando de fazer este trabalho! Pela primeira vez eu não estou apenas copiando livros e enciclopédias... Eu estou pensando a respeito da nossa história...

Vamos agora à penúltima pergunta:

– A Independência do Brasil foi o resultado apenas do gesto heroico e solitário de D. Pedro?

Depois de tanto pensar a respeito deste momento da História do Brasil, já estou quase arriscando a dizer "não, não foi" sem nem ao menos procurar um livro que possa me ajudar a responder a esta questão.

Mas como o próximo livro da lista já está nas minhas mãos, não custa nada dar uma olhadinha.

A linguagem está um pouco difícil, mas vamos ver se eu consigo "traduzir" o pensamento do autor.

Ele afirma que a Independência não foi um acontecimento isolado, movido por iniciativas de algumas poucas pessoas. Muita coisa estava acontecendo no mundo naquela época e não havia mais lugar para as tradicionais relações entre as metrópoles e as colônias.

O controle do comércio das colônias, por exemplo, estava sendo questionado pelas nações (como a Inglaterra) que já estavam produzindo uma grande quantidade de mercadorias em suas indústrias e precisavam vendê-las, sem intermediários, para o maior número de pessoas possível.

Conclusão: tinha muita gente interessada na Independência do Brasil

– Por que alguns brasileiros insistiram tanto para que D. Pedro permanecesse no Brasil?

Essa pergunta é um pouco mais complicada...

Segundo o autor do último livro da lista elaborada pela professora, foram os grandes proprietários de terras (latifundiários) que defenderam a ideia da permanência de D. Pedro no Brasil.

Eles queriam a separação de Portugal, mas não queriam que muita coisa mudasse. Essa elite agrária desejava que a Independência rompesse os "laços coloniais" (laços que ligavam o Brasil a Portugal), mas que não alterasse a estrutura socioeconômica.

Acho que o autor está querendo dizer é que essa elite não admitia que a Independência fosse acompanhada da libertação dos escravos e de uma provável redistribuição de terras. O importante, naquele momento, era garantir a preservação da escravidão, do latifúndio e da unidade territorial (não era interessante para a elite brasileira que o território da colônia desse origem a vários países após a Independência).

Foi por isso que "alguns brasileiros" (a elite agrária) insistiram tanto para que D. Pedro permanecesse no Brasil. D. Pedro representava a garantia de que a Independência se realizaria sem modificações na estrutura social e econômica.

Puxa vida! Como a minha visão da Independência está mudando com este trabalho!

Em 1822, o Brasil deixou de ser uma colônia portuguesa, mas, para a maioria da população, composta de escravos, indígenas, brancos pobres, negros libertos e mestiços, nada mudou.

A elite e os intelectuais falavam de liberdade, mas se "esqueceram" de dizer que, no dia 7 de setembro, o sol da liberdade não raiou para todos.

Chegou a hora de produzir o meu próprio texto sobre a Independência. Acho que depois de todas essas leituras, não vai ser tão difícil assim organizar essas ideias na forma de um texto.

Já tenho até um título para ele:

1822:

O SOL DA LIBERDADE NÃO RAIOU PARA TODOS...

Não é bonito?